明日を笑顔に

晴れた日に木陰で読むエッセイ集

山本孝弘

明日を笑顔に

晴れた日に木陰で読むエッセイ集／もくじ

第１章　優しさと愛に包まれて

第2章　旅の想い出、生きる力

第3章　学校の想い出、笑顔になる話

靴脱げば
楽しい今日の
旅づかれ
スーパーマーケット

第1章
優しさと愛に包まれて

靴脱げば　楽しい今日の　旅づかれ

亡き父は川柳を得意としていた。若い頃に地元紙に川柳を投稿し、何度も掲載されていたようだ。色褪せたその切り抜きが貼られたノートを子どもの頃に見たことがある。川柳が得意な若者ということで、まだ二十代の父が写真付きで紹介された記事もあった。

僕が小学生の頃のことだ。学校から帰り、遊びに行こうとする僕を夜勤で寝ていた父が呼び止めた。「遊びに行くならこれをポストに出してきてくれ」と葉書を渡された。それは市が募集する交通安全週間の標語募集に投稿する葉書だった。遊びに夢中になった僕は夕暮れになって帰る時にその葉書のことを思い出した。僕は慌ててポストがある駅前に行ってポケットの中でしわくちゃになってしまった葉書を投函した。

それから数日後、母と買い物に出かけた時、街なかで風船を配っている若い女の人がいた。風船をもらうとそこには交通安全標語最優秀作品という白い文字が書かれており、その隣に書かれていたのは僕がしわくちゃにした父の標語だった。「そういえば市から何か記念品が送られてきていたよ」と母があっけらかんと言ったのをよく覚えている。

桜が散った後の新緑の季節。いつも通り「おやすみ」と言って寝た父は、朝にはもう冷たくなっていたそうだ。心筋梗塞による突然死だった。

亡くなった後、箪笥から短冊形の色紙が数十枚出てきた。そこには父が作った川柳が書かれていた。「まだやってたんだ…」と思った。

父の眠る棺桶の中にその短冊形の色紙を花と一緒に手向けたが、僕は気に入った川柳が書かれた色紙を「形見」としてもらうことにした。

それが今も我が家の玄関に飾られている。玄関によく合うこんな川柳だ。

『靴脱げば　楽しい今日の　旅づかれ』

「貧しい幼少期からいろいろと大変な人生だったけど、人生という靴を脱いでみると俺の人生も悪くなかったよ」。そう言って笑う父の姿が見える。僕にはこれが父の辞世の句ではないかと思えるのだ。

決して良い父子関係ではなかったが、父の顔を思い出すといつもとてもいい笑顔をしている。最初は不思議だったが最近はそれにも慣れてきた。

叶わなかった高校進学

父は生き方が下手だった。反面教師を絵に描いたような父だった。休みの日は朝から酒を飲んでだらしなかった。

でも最近思う。母に迷惑を掛け続けた人生だが、父なりに生き抜いた七十三年間は父にしか分からない思いの中で日々苦しくもがいていたのではないかと。

五人兄弟の二男だった父は、戦後間もない小学生の時に父を亡くした。一つ違いの長男と二人、中学を出てすぐに工場で働き始めた。

酒が好きだった父は酔うと時々「高校に行きたかったな」と言っていた。お通夜の時、末っ子の叔母が涙を流しながら言っていたことを僕は一生忘れない。

「あんたたらのお父さんは頭が良かったんだよ。中学三年の時、先生が家に何度も来てこの子はなんとか夜間高校に通わせてほしいと母ちゃんを説得してた。でもその度に『幼い弟や妹のために僕は働きます。高校に興味はありません』って…」。還暦を過ぎた叔母は棺桶に眠る父の方に顔を向けると「高校に行かせてくれてありがとう」と震える声で言った。

私の兄が高校に受かった時、父はとても興奮していた。「ヨシッ！」と大きな声で言った。そして兄に向かって「握手しよう」と手を差し出した。だが思春期の息子は素直ではない。

「あんな高校、名前を書けば誰だって入れるんだ！」兄はそう言い放った。父は怒るでもなく、ただ悲しそうに「そんなこと言うな…」と呟いた。

まさかそのことを兄が覚えているとは思わなかった。父が亡くなった日の晩、兄が言った。

「あの人にとって高校進学っていうのは夢だったんだよな。あんなこと言わなきゃよかった。握手しておけばよかった…。本当はあの後すぐに後悔した。今までずっと後悔していたんだ」

我が家の玄関の壁に色紙が無造作に立て掛けてある。父が川柳を書いた縦長の色紙だ。きちんと額に入れて花でも添えようかな。僕はそんなことを考えながら初夏の青い空を見上げた。

母に懺悔の炒飯の想い出

僕が世界一のドラマだと言って譲らないのが「北の国から」だ。ＤＶＤも全巻購入した。今観ても古くないどころか、時代が進歩すればするほど投げかけて来るテーマに説得力が増し雄大な北海道の自然と共に心に迫ってくる。何度観ても涙が滝のように流れる。これから思春期を迎える我が子への悩みがきっとドラマの中の五郎と被り出し、ますますドラマの世界に感情移入していきそうだ。

思春期と言えば、僕も中学生の時を思い返してみるとどこか浮付いた不安定な心理状態だったような気がする。

東京のアパートを引き払った僕は一時期実家に住んでいたことがある。ある日、母が作った炒飯を食べている時に急にこんなことを言われた。

「今でも炒飯を作る度に思い出すよ。昔は思い出す度にビクッとなったけど、今では微笑ましいね。炒飯を作る時は必ずあのことを思い出すよ」

何を言っているのかさっぱり分からなかった。母の話によると、僕が中

二の時の出来事だそうだ。母が作った炒飯を僕が一口食べた時、

「こんな辛い炒飯が食えるか！　殺す気か！」

と僕が怒鳴り、部屋に行ってしまったとのことだ。最初それは兄の間違いではないかと思った。だが母は、「間違いなくおまえだった」と言い、優しい子だったのでとてもショックだったと笑う。もしタイムマシンがあれば過去に飛んで行き、中二の僕の頭を二、三発引っ叩いてやりたい思いだ。

「北の国から」で大人になった五郎の娘がこんな台詞を言う場面もある。

「お兄ちゃん、私たちって勝手よね。あんなにもあの頃、父さんの愛情を独占しなければ気がすまなかったのに、今は全く逆のことしてる。平気でよそに愛を向けてる」

子どもは自然と親から離れていく。淋しさはあっても、それを「成長」と呼ぶのかも知れない。

これから思春期を迎える我が子を、今度は僕が受け止めようと思う。

拝啓、母上様　炒飯の件は誠に申し訳ないと思っており、そんなことは全く覚えていないわけで。でもそれは、やはり兄貴ではないかと思われ…。

友人の母に捧げるバラード

先日、ラジオから海援隊の「母に捧げるバラード」が流れてきた。武田鉄矢さんの博多弁を聴いていたら、僕は突然ある博多の母を思い出した。

大学時代に親しい先輩がいた。名前はテツヤだった。妙に気が合い、いつも連れ立って遊んでいた。二人でテレビ番組に出場したこともある。

大学を出た後もお互い東京にいたので学生時代と変わらずよく一緒に飲んでいた。だがしばらくすると、テツヤさんは会社を辞めて博多に帰る決心をした。東京生活が淋しくなるなと思った。

ある朝、僕がバイトに行く支度をしていると部屋の電話が鳴った。

「今、東京駅におるったい。いよいよ東京を卒業するばい」

あれ、今日だっけ？　帰る日はすっかり忘れていた。二人でやったくだらない思い出を散々話した後、間を置いて彼がふいにこう言った。

「おまえ、今までありがとう。それば言いたいけん電話したったい」

その言葉が胸を打ち、不覚にも急に涙が出てきた。自分でも驚いた。

「なん泣きようとや?」彼はそう言って笑った。

当時は携帯電話も全く普及しておらず、SNSもない時代だった。日が経つに連れて、彼とは次第に疎遠になっていった。

仕事で失敗した日のこと。部屋で一人でお酒を飲んでいた時、何年振りかに彼の博多の家に電話をしてみようと思った。電話にはお母さんが出た。

「テツヤはまだ帰っとらんとよ。悪かね」

僕がお礼を言って受話器を置こうとした時だった。

「ちょっと待ってん! 山本さんってゆうたばってん、学生時代にうちに遊びに来た山本くんやないと?」

「覚えていてくれたんですか!」と僕が言うとさらに捲し立てられた。

「当たり前やないね! 何で黙って切ろうとするとね。ほんなこつ冷たかね。元気にしとう? あんた愛知に帰ったと? まだ東京におるとね。ちゃんと栄養のあるもんば食べよう? お酒飲み過ぎとらんめえね!」

そんな温かい方言を聞いていたら、ふいに目頭が熱くなってきた。

優しさが溢れ出るようなあの博多弁が今も耳の奥に残っている。

オリンピック、ごめんね…

先日、実家の部屋の片付けをしている時、とても泥臭い人間模様を描いた「人間交差点」という漫画が出てきた。原作は矢島正雄氏、作画は弘兼憲史氏の一話完結型の短編漫画だ。

その中の昭和時代の若い刑事の話が好きで高校生の頃に何度も読んだ。その刑事、片田は徹夜の張り込み中に母が危篤との連絡を受ける。容疑者を取り押さえた後、急いで駅に駆け込み始発電車で実家に向かう。「お母さん、帰るまで待っていてください」。片田は心の中でそう祈り続けた。

父が死んだ後、女手一つで片田は育てられた。いつも笑顔しか見せない母が一度だけ い顔をしたことを片田は覚えていた。片田がまだ幼かったある日、 は東京オリンピックの開会式の入場券が安く手に入ったと聞 て来る。「母はオリンピックが見られることを喜んでい 見せてやれることを喜んでいるのだ」と片田は幼 。当日、貧しい二人は精いっぱいのお洒落をして出かけた。多摩川を渡って東京に行くのは父が死んで初めてのことだった。しかし会場には入れなかった。持っていた入場券は騙されて買わされた偽物だったのだ。いつも笑顔の母が帰りの電車ではずっと無言だった。片田はそんな母の手を握り締めてこう言った。

「今日はとても楽しかったよ。嘘じゃない。僕は本当に楽しかった」

でも母はいつもみたいな笑顔を見せない。

「お母さん、おまえに何もしてやれなくて…」と涙を浮かべ、片田の手を握り返した。片田が将来刑事になろうと決めたのはその時だった。

片田は何とか母の臨終に間に合った。息を引き取る前に一度だけ母は意識を取り戻し、大人になった片田の手を取りはっきりとこう言ったのだ。

「オリンピック、ごめんね…」

片田は涙で言葉が出ず母の手を強く握り返す。そして心の中で「ありがとう」と何度も繰り返した。そんな胸を打つ話だ。

時代は昭和から平成を経て令和までやってきた。だが時代はどんなに変わろうが、母の愛は太古から変わらない。

ミズーリ号での涙

数年前にハワイの真珠湾に行く機会があった。日本の代表団がマッカーサーの前で降伏文書に署名している写真を教科書で見た記憶がある人も多いと思う。あれは東京湾に停泊したミズーリ号の甲板である。本物が今真珠湾で記念艦として展示されている。

1991年、湾岸戦争が起こった。ミズーリ号はそこでも現役の戦艦として出撃していたそうだ。船体に零戦の攻撃を受けたミズーリ号が、九十年代まで現役で活動していたとは驚きである。

そのミズーリ号で一つ胸を打つ話を聞いた。零戦の攻撃でミズーリ号は今も船体の一部に凹みがあるのだが、その攻撃の際にミズーリ号は火災に遭った。すぐに沈火されたが即死した零戦の操縦士の遺体が甲板上に投げ出されていた。米兵はそれを海上に投棄しようとしたが、ウィリアム・キャラハン艦長はそれを制止した。キャラハン艦長はこの三年前、日本海軍とのソロモン海戦で実兄を亡くしているにも関わらず、翌日この日本兵の葬儀を艦上で執り行う通達をしたのである。

「激しい対空砲火をかいくぐりここまで接近したパイロットの勇気と技量は称賛に値する。国のために命を捧げた勇士に敵も味方もない。このパイロットに敬意を表し、明日葬儀を行う」

艦長は遺体に監視を付け、米兵によって徹夜で日本の海軍旗が作成された。翌日、米兵全員の敬礼のもと、日本兵の亡骸は手厚く水葬に付された。

ミズーリ号の艦内展示は鹿児島の知覧特攻平和会館と提携関係にあるとのことで、特攻で散華した若き日本兵たちの遺書もいくつか展示されていた。日本兵の写真が敬意を持って掲示されており、異国で見る遺書に心を締め付けられた。両親に宛てられたものが多い中、幼い息子と娘に宛てた遺書があった。

「お父さんに負けないひとになりなさい。お母さんの言うことをよく聞くのですよ。神様になって二人を見ています」

遺書を前にし、僕は自分の息子と娘の顔が頭に浮かんだ。この父に想いを馳せ周りに外国人が大勢いる中、僕は憚ることなく泣いていた。

母の愛、子の想い

「球春」という言葉がとても好きだ。心を躍らせるその言葉の響きに魅かれる。小学一年の時に父に連れられプロ野球を初めて観にいった時、ブルペンで投げる今は亡き、星野仙一を生で見て感動したのを覚えている。

岡山県倉敷市出身の星野さんは縁あって昭和四十四年に中日ドラゴンズに入団した。引退後も名古屋に住んでいたが、お母さんは倉敷の実家に一人で暮らしていた。星野さんは名古屋で一緒に暮らそうと何度も言うのだが、「一人の方が気楽でいい」とお母さんは決して首を縦に振らなかったそうだ。そんな高齢のお母さんの楽しみは天気の良い日に手押し車を押し、少し離れたところにある郵便局へ行くことだった。郵便局に着くと、お母さんは一息つき外から郵便局の窓を眺めるのを楽しみにしていた。そこには星野さんが優しく微笑みかけるポスターが貼ってあったのだ。

星野さんは監督としてドラゴンズに戻って来る直前に「燃えて勝つ」（実業之日本社）という本を出した。当時高校生だった僕はすぐにそれを買って読んだ。そこには星野さんが生まれてからのお母さんの苦労話が書かれていた。星野さんが母体に宿り七か月目のこと。お父さんが病気で他界してしまう。まだ戦後の貧しい時代。女手一つで三人の子どもを育て上げたお母さんの苦労話に頭が下がった。

その本を読んだ数日後、テレビのトーク番組にゲストで星野さんが出演していた。番組の最後に一曲歌を歌う時間が設けられていた。その時星野さんが歌ったのがさだまさしの「無縁坂」だった。星野さんの本の内容を思い出し、僕は不覚にも涙してしまった。

♪運がいいとか　悪いとか　人はときどき口にするけど　そうゆうことってたしかにあると　あなたをみててそう思う　忍ぶ忍ばず無縁坂　かみしめるような　ささやかな僕の母の人生♪

いつの間にか、僕はあの時の星野さんよりずっと年上になった。実家では母が一人で暮らしている。

「もう少し頻繁に帰らなければいけないな…」。球春を告げる季節の風の音を聞きながら、ふとそんな想いが込み上げてきた。

お母さん、ぼくがいるよ

日本語検定委員会が主催する「日本語大賞」というものがある。エッセイを対象としたコンテストだ。数年前、小学生の部で見事文部科学大臣賞を受賞した森田悠生《ゆうせい》君（当時小四）の作品を最近読んだ。とても感動した。

驚いたことにこの悠生君、三年生の時にも高学年の応募者を抑え、文部科学大臣賞を受賞している。二連覇だ。将来がとても楽しみである。

受賞作の「ぼくがいるよ」という題名のエッセイを紹介したいと思う。

一か月近く入院していたお母さんが退院した。「家に帰れば今日はお母さんがいるはずだ」、そう思うと悠生君は嬉しくて友達と遊ぶ約束もせず、学校が終わると一目散に走って家に帰った。少し痩せたお母さんは悠生君が大好きなホットケーキを焼いて待っていてくれた。悠生君はそれを味わいながら「また日常が戻ってきた」と思いすっかり安心した。

だが、入院前の日常とはちょっと違うことがあった。

「なんか最近、味噌汁の味が変…」

悠生君はある日そう呟いた。お母さんはドキッとした。

「手術をしてから味と匂いが全くないの。味付けが適当で…」

最近の食卓には味付けが必要のないものが増えていることに悠生君はその時気づいた。そしてそれ以来、食卓にはスーパーの惣菜が並ぶようになった。そんな日々の中、ある日悠生君は思った。

「僕は料理はできないけれど、お母さんの味は覚えている」。そして彼はお母さんにこう提案したのだ。

「お母さん、僕が味付けをするからまた一緒に料理を作ろうよ」

驚いたお母さんは言った。「今夜はぶりの照り焼きに挑戦しようか！」

気づくとお母さんに笑顔が戻っていた。久々に見るお母さんの笑顔。それから悠生君は朝一時間早く起き、朝食も一緒に作るようになった。時々お父さんも料理に加わった。料理を作りながら悠生君は心の中で訴える。

「お母さん、ぼくがいるよ。ぼくはお母さんが思っているよりずっとしっかりしている。だからもっと頼っていいよ。ぼくがいるよ」

悠生君は今ではすっかり料理が得意になり友達に振る舞うそうだ。

お弁当には愛がある

「お弁当の日」というのがある。生徒に食の大切さを気づかせる食育活動の一環で、献立、買い出し、調理、弁当箱詰め、そのすべてを子どもだけでやらせる日である。実践校は全国に数千校もあるそうだ。

確かに食育にお弁当はとてもいいと思う。お弁当には愛がある。

（お弁当の想い出　その1）

高校時代、同じ部活動をしているWという友人がいた。彼は昼食に菓子パンを食べていることが多かった。昼に姿が見えなくなることもあった。ある日の昼休み、僕が何かの用事で部室に行くと鍵が開いており、中に行くとWがひざを折り曲げてぼおっと座っていた。Wは家が貧しく母親もいなかった。僕は毎日お弁当を食べられることが当たり前だと思っていた自分の傲慢さに気づいた。

（お弁当の想い出　その2）

僕が以前働いていた会社で、当時五十代後半のMさんが建設現場でお弁当を取られた。現場では車に鍵を掛けないことが多かったので部外者が侵入してお弁当を盗むことが時々起こった。Mさんには悪いが、財布を盗まれるのと違いお弁当を盗まれるというのはちょっと滑稽な感がある。Mさんもみんなと一緒に笑っていた。でも少し落ち込んでいるようにも見えた。その日の晩。みんな帰った静かな事務所でMさんが言った。「弁当箱だけでも返って来ないかな。実はね、この会社に再就職が決まった時に娘が買ってくれた弁当箱だったんですよ」。そう言って悲しそうに微笑んだ。

（お弁当の想い出　その3）

これは妹の結婚式で読み上げられた両親への感謝の手紙の一部だ。

「恥ずかしい話ですが、私は会社に持っていくお弁当をお母さんに作ってもらっていました。『マンネリでごめんね』といつもお母さんは言ったけど、お母さんのお弁当の味は一生忘れません」

妹の涙声に僕も思わず涙が出そうだった。母を見ると、意外にも母は毅然と立ち、じっと妹を見つめていた。その姿がなんだかかっこよく見えた。

ちなみに母の隣にいた父は大泣きしていてとても恥ずかしかった。

母娘、それぞれの涙

子どもの頃「それは秘密です」というテレビ番組があった。運命の悪戯で引き離された人を対面させる番組だが、今でも忘れられない対面がある。

ある日、目の不自由な女性が八歳の男の子に手を引かれながらスタジオに登場した。ハツエさんというその母親は「完全に失明する前に母に会いたい」と言った。そしてハツエさんの過去が紹介された。ハツエさんが四歳の時にお父さんが亡くなった。女手一つで三人の子を育てることになったお母さんのところにある日、お父さんの弟がやって来た。

「うちには男の子がいますが、その後、子宝に恵まれません。兄貴の子です。大事にします。どうかハツエをください」

そしてハツエさんは引き取られた。幸せに暮らすはずだった。しかし一年後その家に女の子が生まれた。夫婦は手のひらを返すようにハツエさんに冷たくなり、学校にも行かせてもらえない。ご飯も一人だけ土間で残り物を与えられた。荒縄で縛られ庭に放り出されたこともあるそうだ。

中学を卒業して家を出た。小さな会社で住み込みで働いている時に結婚。しかし夫が多額の借金をする。ハツエさんは自分の食費を削り必死に働き五年でその借金を返すが、過労と栄養失調から網膜剥離になってしまった。すると舅に「目の見えない嫁などいらん」と言われ、小さな子どもと共に家を追い出された。「まだ目が見えるうちに母ちゃんの母ちゃんを探してください」。八歳の息子が番組に葉書を出したのだった。

番組スタッフはハツエさんのお母さんを見つけ出した。お母さんはハツエさんの半生を聞くと畳を掻き毟って泣き続けたそうである。

そして番組収録の対面の瞬間、初老のお母さんはカーテンから飛び出してきてハツエさんにしがみついて泣き出した。

「はっちゃん、ごめんね、ごめんね…」、ハツエさんは泣きじゃくるお母さんの顔をじっと見た。「見えた。母ちゃんの顔見えた。間に合ったあ」。わずかな視覚が残るハツエさんの目からも涙が溢れ出た。

後日談だが、番組を見て治療を申し出た眼科医がハツエさんの目を完全に治したそうだ。その後ハツエさんは再婚し、幸せに暮らしたそうである。

大人の心にも絵本の優しさを

まだうちの子どもたちが小さかった頃、図書館でよく絵本を借りて読み聞かせをしていた。長谷川義史さんの「いいからいいから」という全四巻シリーズの絵本をよく借りていた。かみなりさまや貧乏神がいきなり家にやって来る。一家はそれをもてなすというとてもユーモアがある絵本だ。

ある日、長谷川さんの「てんごくのおとうちゃん」というタイトルの本を借りてみた。「どんな笑える話かな」と思いながら読み始めたのだが…。

「はいけい、てんごくのおとうちゃん。げんきにしてますか」

読み始めると想像していた内容と雰囲気が違った。小学校低学年の男の子が、亡くなったお父さんへ出す手紙形式になっている。キャッチボールがうまくできず泣いたこと、ウクレレを買ってもらったこと、飛行機ショーの帰りにホットドッグを買ってもらったこと…。怒られて頭を叩かれたことも手紙に綴られていた。

「でも、もういっぱつくらい、どつかれててもよかったなあと、いまはおもってます」

僕はここから涙腺のバルブが壊れ、先が読めなくなってしまった。

図工の時間で「お父さんの絵を描く」という授業があった。先生が、「お母さんの絵でもいいよ」と言う。「そんなに気をつかわなくていいのに」と思いながら少年はお父さんの絵を描く。万引きしようとした時も、「地獄に落とされたらお父ちゃんに会えなくなる」と思ってやめる。

後になって知ったのだが、これは長谷川さんの実話が元になっているらしい。お父さんのことを作品に残したいと思って描き上げたそうだ。長谷川さんは一度だけ亡くなったお父さんに道で会ったことがあるそうだ。そのことはお母さんにも話しておらず、この絵本で初めて明かしている。

「大人が絵本に涙する時」（平凡社）の著者である柳田邦男さんは、絵本は心の持ち方や想像力を取り戻す手助けをしてくれ、親から子、さらに孫へと読み継がれていくと家族に文化が生まれると言う。また、本屋の絵本コーナーに立つだけでも穏やかな気持ちになると述べている。

疲れ切った大人の心を癒すのに、絵本はとても良い処方箋だ。

感動を呼ぶ旅行添乗員

㈱日本旅行の営業マン、平田進也さんは観光業界のカリスマ添乗員である。彼の企画するツアーは常に笑いが溢れる。バスの中では笑い話をし続け、食事の時は女装をして現れることもある。先日そんな平田さんの講演を聞く機会があった。そこで印象的な食事会の話を聞いたので紹介したい。

ツアーの夕食会をより楽しいひと時にするために、平田さんはお祝い会を開くそうだ。当日誕生日の人を前に呼び、みんなにもバースデーソングを歌ってもらう。そして用意したケーキにナイフを入れてもらうのだ。

「六十五年間生きてきてこんなふうに祝ってもらったことは初めてです」

そう言って涙した人もいたとのこと。誕生日の人がいない時は、何か理由を付けて誰かしら前に呼んで祝う。数年前、四十歳くらいの女性が「母を祝ってください」と手を挙げたので、平田さんは二人を前に呼んだ。

「みなさん、今日私が母の車椅子を押しているのを見たと思いますが、母は余命半年です。そんな母がラジオで平田さんを知り、『旅行に行きたい』と言いました。体への負担を考え、父も私も反対しました。でも『死ぬ前にどうしてもこの人と旅行したい』と言うので私と参加したんです。全く笑わなかった母が今日笑いました。女装した平田さんを見た時は畳を叩いて笑っていました。どうかみんなでそのことを祝ってください」

会場からは温かい拍手が起こり「おめでとう！」の声もあがった。

そして平田さんは優しくお母さんにこう言った。

「もう病気なんかどっか行っちゃったでぇ。半年後に隠岐の島にうまいもんを食べに行くツアーを企画してんねん。参加してな」

会場からは、「私もそのツアー行くで。一緒に行こ」とか「明日は私が車椅子押しますよ」などの声が飛び出した。

「半年後、いきたい…」。お母さんは平田さんの顔を見てはっきりとそう言ったそうだ。それを聞いた娘さんは平田さんの背中で泣き崩れてしまい、会場は励ます声と涙で溢れ返ったそうである。

お客さんを喜ばせたいという強い思いが、ツアー旅行を忘れられない想い出へと変えていく。平田さんのツアーは感動も添乗させるようだ。

カトマンズ

第2章 旅の想い出、生きる力

ネパールで出会った懐かしいお袋の味

僕は二十代の頃バックパッカーをしていた。毎日新宿のレストランで朝から晩まで働き、お金が貯まるとアジアの街へ放浪の旅に出た。

これは二十七歳の時の旅の話。インドからおんぼろバスで高い山を越え、一晩かけて夜明け前にネパールのポカラという街に着いた。セーターなど持っておらず夜中のバスの中がひどく寒かったのを覚えている。山の中の休憩所で深夜に飲んだチャー（ネパール風紅茶）の温かさが忘れられない。チャーと同じくネパール人はとても温かかった。ポカラにはペワ湖という湖があり、ボートに揺られながらヒマラヤを眺めたのは夢のような時間だった。ボート漕ぎの青年とすっかり仲良くなったが、時間が来たのでボートを降りて去ろうとすると、彼が僕の背中に声を掛けた。

「もう仕事は終わりの時間だからこれから家に来ないか？　妻の家庭料理をご馳走するよ」。こんな旅の出会いは宝だ。

彼の家に行くと、まだ二十歳くらいの奥さんが僕を笑顔で迎えてくれた。

木の包丁と石のまな板を使って食材を加工し、鍋を火にかけトマト料理を作ってくれた。あの家庭料理の優しい味は今でも記憶に残っている。

そしてネパールではもう一つ忘れられない味が舌に残っている。

ポカラの次に首都カトマンズを訪れた。街を歩いていると小さな日本料理店を見つけた。放浪の旅に出て二か月くらい経っていたので、日本の味が恋しくなり中に入ってみた。味には全く期待しておらず、「日本料理擬《もど》き」を食べる気満々だった。ところがどっこい、天ぷらも魚の味噌煮も完全に日本の味だった。一番驚いたのが焼き茄子だ。完全にうちの母が作るものと同じ味付けだったのだ。絶対に母が調理場でバイトしているに違いないと思い厨房を覗きにいった。でも厨房に母はおらず、ネパール人のおっちゃんが一人で鼻歌を歌っていた。旅で驚いたことは山ほど（それこそヒマラヤ山脈ほど）あるが、この出来事もそのうちの一つだ。

今でも焼き茄子を食べるとカトマンズの街にひっそりあったあの小さな店が頭に浮かぶ。そして、厨房にいたあのおっちゃんが笑顔で手招きをして僕を呼んでいる声が聞こえてくる。

ガンジス川の少年

アジアの国をいろいろ旅した。それぞれの国にそれぞれの魅力がある。でも一番刺激的だった国といえば、それはやはりインドだ。

野良牛が闊歩するインドでは今まで見たことのないようなものや会ったことのない種類の人間に毎日出くわした。インドは街中にあからさまな欲望が渦巻いており、その喧騒の中にいると自分の価値観が崩壊していくのが分かった。それがなんだか心地良いのだが、油断していると危うい雰囲気に飲まれそうになる。行く度に「もう二度と来るか！」と思うのだがなぜかまた行ってしまうのがインドだ。得体の知れない魅力があるのだ。

三度目のインドの旅の出来事である。ネパールからインドまでおんぼろバスに乗り一日かけてガンジス川の沐浴で有名なバラナシという街に着いた。くたくただった僕は適当な安宿を見つけ、丸太のように眠り続けた。

翌日の昼、宿のベッドからなかなか起きられず、ぼんやりする頭でこの街の次はお釈迦様が悟りを開いた街「ブッダガヤ」にでも行こうかなと漠然と考えていた。夕方になっても疲れは取れなかったが、外の空気を吸おうと思いふらっと宿を出た。

「ミルダケOKデス」、「ヤスイ、ヤスイ！」といろんな物売りが変な日本語で話しかけてくる。疲労困憊の僕は彼らとのやり取りを楽しむ余裕もなく、日本語も英語も一切通じない国の人間を装い歩き続けた。訝し気な眼差しで物売りたちが去っていく中、一人の少年が付いてきた。

"You must be Japanese."（おまえは日本人に違いない）

十五歳くらいの彼はそう言って妙に楽しげにずっと僕に話し掛けてきた。それでも僕は無言を貫いていた。すると彼は僕の前に立ち、突然こう言ったのだ。

「世田谷、阿佐ヶ谷、ブッダガヤ！」

僕は声を上げて笑った。完全に負けた。観念した僕は彼から絵葉書を数枚買い、屋台で彼にコーラを奢った。少年と川辺に座りガンジス川に沈む夕陽を一緒に見ていたら不思議とそれまでの疲れが消えていった。

インドは心も体も掻き乱されるがまた訪れたい。あの国には何かがある。

旅をし続ける「深夜特急」

旅に欠かせないのが本だ。異国の地に長くいると日本語に飢える。その飢えは時には苦痛さえもたらすのだ。

今は知らないが、当時はアジアの街には「貸本屋」という便利なものがあった。あらゆる国のバックパッカーが売ったと思われる本がたくさん置いてあるのだ。貸本といっても借りるわけではなく、料金を払ってまずは買い取る。しかし読み終わって持って行くと、ほぼ同額でまた買い取ってくれるのだ。マレー鉄道の中で僕は親しくなった日本人と別れ際にお互いが読み終わった本を交換した。彼はその本（たしか遠藤周作の本だったと思う）をマレーシアの貸本屋で買ったと言った。僕はそれを読み終わるとバンコクの貸本屋で売った。そしてそこで新たな本を買い、今度はそれをインドのカルカッタの貸本屋で売った。本もこうして旅をするのだ。

当時よく見掛けたのは、沢木耕太郎著「深夜特急」（新潮文庫）だ。筆者の若い頃の体験を基に書かれたその紀行小説は、今でもバックパッカーの間ではバイブル的な存在である。主人公がインドのデリーからイギリスのロンドンまでバスを乗り継いで旅をするのだが、何でもない異国での日常の情景を旅人特有の匂いを持って読者にリアルに感じさせてくれる。旅情豊かな作品だ。あの時アジアの街角で見た数冊の「深夜特急」のうち、幾冊かは今でもボロボロになって地球のどこかを旅しているかも知れない。

そういえば「深夜特急」は九十年代の終わりに大沢たかおさん主演でドキュメンタリードラマになった。井上陽水さんの曲が映像にとても馴染んでいたことを覚えている。そんなことを思い出していたら急に観たくなりDVDをネットで購入した。旅をする大沢さんの姿はかつての自分を見ているようだった。魂の記憶が呼び起こされ、すっかり忘れていた旅の出来事が走馬灯のように駆け巡り、今すぐ旅に出たい衝動に駆られた。

「あの時の自分にそっくりだ。俺もこんな旅をしてたんだ」

画面を観ながら僕は思わずそう呟いた。

「そっくりじゃないよ。あなたはあんなにかっこよくなかったはずだよ」

冷静な妻のその台詞を聞いた途端、僕の魂は急に現実に戻ってきた。

そして僕はケンタッキー州へ行った

ずっと昔、僕はスーパーで働いていた。新緑が芽生えたある初夏の日。二歳年下の女性がレジ係のパートで採用された。噂によると以前アメリカに長く住んでおり、デルタ航空の客室乗務員をやっていたとのこと。少し興味が湧いたが、レジ係の彼女と僕は仕事上の接点はなかった。

月に一度の開店前の大掃除の時、ふいに彼女が僕の所にやってきた。

「精肉売り場の方ですよね？　牛のレバーって今日ありますか？」

学生時代、英語だけ得意だった僕は英語でこんなふうに応えてみた。

「キミが今晩作る予定の牛レバー料理は豚レバー料理に変えた方がいい」

彼女は一瞬驚いた顔をしたがすぐに笑顔になり、英語で捲し立ててきた。半分も聞き取れなかったが、南部訛りの英語だということは分かった。

その日から彼女とはよく話をするようになった。彼女は中学を出ると単身アメリカへ渡り、アメリカの高校、大学を卒業したそうだ。元客室乗務員だという噂も本当だった。二年前に帰国するまで十二年ケンタッキー州に住んでいたとのこと。僕は彼女の履歴に圧倒された。彼女と休憩時間が同じ日は近くの喫茶店に行って英語を教えてもらうこともあった。

ある日のこと。残暑の厳しい夏の終わりの昼下がり、彼女はアメリカの大学のパンフレットをふいに喫茶店のテーブルに出した。

「いきなりの提案なんだけど、語学留学に行ってみない？　なかなか経験できないよ。まだあなたは独身だしこれが最後のチャンスだと思うよ」

最初僕は一笑に付した。藪から棒に突拍子もないことを言われている気がしたのだ。でもパンフレットに載っている学園風景の写真を見ていたら、三十路を越えた僕の心は無邪気な少年の頃に引き戻されていった。

夏の終わりを告げるツクツクボウシの鳴き声だけが聞こえてきた。

そして僕はあのテロの一年後の秋、半年間の予定でアメリカに行った。

発つ二日前に彼女とカクテルバーに行った。会うのはこれが最後だなと分かっていた。そしてそうあるべきだと思っていた。彼女は既婚者だった。

彼女の青いイヤリングがライトに照らされて煢然《けいぜん》と輝いていたことを覚えている。

靴下のプレゼント

スーパーで働いていた時、最後に担当したのは精肉売り場だった。そこには僕の母親くらいの歳のIさんというパートのおばさんがいた。地味だけど優しい雰囲気を醸し出している人だった。彼女はドラゴンズが大好きだった。勝った翌日に彼女とドラゴンズの話をするのが楽しみだった。

僕はある時会社を辞めてアメリカに語学留学をすることを決めたが、それを知ったIさんは、

「ショックだわぁ～。田尾が中日から西武にトレードされた時くらいショックだわ」と昭和からのドラゴンズファンにしか分からないことを言った。

Iさんは「淋しくなるなあ」と仕事中に何度も呟くようになり、ため息をつく時すらあった。僕はその度に申し訳ない気持ちになった。僕はある日、牛の絵の付いた小さなシールを牛ミンチのパックに貼ってくれるようにIさんにお願いした。Iさんはため息をつきながらそれを全て豚ミンチ

のパックに貼ってしまった。上司が来る前に慌てて一緒にパックし直したのを覚えている。

僕が最後に出勤した日。Ｉさんから「よかったら履いて」と少し照れ臭そうに餞別の品を渡された。「アメリカに行っても元気でね」。Ｉさんは母親のような顔でそう言った。気持ちの籠った贈り物は何よりも価値がある。お礼を言ってプレゼントを受け取った。

仕事が終わり従業員駐車場に停めた車の中でＩさんからもらった何の洒落っ気もない無地の紙袋を開けた。中には靴下が三足入っていた。「あまり他人にプレゼントをしたことがないＩさんが今日はいつもより早く家を出て、どこかの店でこれを買ったんだな。僕に合う靴下はどれだろうと考えながらこれを選んだんだな」。そう思うと涙が出そうになった。

秋の東の夜空にはオリオン座が輝いていた。

「アメリカってどんな国なんだろう」

そう考えながら僕は車のエンジンを掛けた。そしてお世話になった職場を後にし、僕はアクセルを踏み込んで人生の次のページへと進んだ。

マニラの太陽が見たくて　その1

ライターになる前は水道工事店の営業社員をしていた。その会社で外国人技能実習生を採用することが決まり、僕は面接の前に一度フィリピンに行き、現地の学校の授業風景、面接の様子の視察に行った。二十代後半の生徒が多く、彼らの多くは結婚しており家族を養う立場にあった。日本に行きたいと切に願う彼らの熱意とそのハングリー精神に僕は圧倒された。

僕は若い頃に幾多のアジアの街を放浪したが、マニラは初めて訪れた。マニラにも東南アジア独特の狂気と熱気が街中に漲っており、その無秩序な混乱に浸っていると、僕は昔、タイ東北部やインドで出会った多くの幼《いたい》気《け》な浮浪児を思い出した。視察の合間に僕は現地の実習生派遣会社のフィリピン人に頼み、スラム街へ連れて行ってもらうことにした。

スモーキーマウンテンと呼ばれるその地区はごみ集積場であり、住民はその中からお金になるものを探してわずかな日銭を得ることで生活している。一人の少年が歩いているのを見つけ僕は彼と話してみたくなった。無理を言って車から降りることを許してもらい、彼に話しかけてみた。ジョーイという名の十三歳の少年だった。

「もっと稼げる仕事を得ることよりも、今は学校に行きたい」

そう語った時の彼の目が印象的だった。ドラッグに走る子どもも多い地区だが、「そんなものに興味はないよ」と笑う彼の笑顔が救いだった。

訪れた時のフィリピンは雨季だった。結局滞在した四日間で太陽を見ることはなかった。マニラ中心部に戻る我々が乗った車は、途中で渋滞に巻き込まれた。さらに激しくなった雨が街の一部を冠水させた。

その時車の窓がノックされた。当時五歳だった僕の娘と大して歳の変わらない少女が二人、花飾りを買ってくれと言っていた。ストリートチルドレンだ。僕はそれを受け取り、相場より高いお金を渡すと、ずぶ濡れになった二人は愛らしい笑顔を浮かべ手を繋いで小走りに去って行った。

いつか彼女たちが心から幸せな笑顔になる日が来ますように…。

マニラの街を覆い尽くす分厚い雨雲を見上げながら、僕はその向こうに隠れている明るい太陽を想像していた。

マニラの太陽が見たくて　その2

フィリピン人を一人採用するために僕は再びマニラを訪れた。こちらの希望に合う該当者七名が会場に来ており、その中から一人の採用を決めなければならなかった。全員が日本で働きたいと切に願う事情を持っていた。

他人の人生を大きく左右する重圧から逃げ出したくなったが、僕は逡巡を重ねた末に、一歳の娘を持つ二十三歳の青年を採用することに決めた。

面接終了後に現地法人の社長が彼を部屋に呼び、採用の旨を告げると、彼は「私は弟たちと幼い娘のために日本で頑張ります」と英語で言った。彼の目は眩しい程に輝いていた。その後入管に出す書類等を整理し、僕が部屋を出ると採用された彼が僕を待っていた。「よろしくお願いします」と今度はとても拙い日本語を使いながら頭を下げられた。見ると彼は泣いていた。こちらも胸が熱くなったが、ぐっと堪え平静を装った。

今回の出張で僕はうちの子が履けなくなってしまった靴を三足持参していた。ホテルのそばにもストリートチルドレンはたくさんいる。翌朝の集合時間前に僕は一人で裸足の子どもを探して歩いた。十分も歩かないうちにすぐに見つかった。二人の男の子だ。靴を渡すと驚くほどにぴったりだった。すると彼らの両親と思われる夫婦が三歳くらいの男の子を連れて僕のところに来た。その子は服すら着ていなかった。残りの一足がまたこの子にぴったりだった。

「あなたの履いている靴を私にください」とお父さんが僕に言った。足元を見ると彼も裸足だった。でも僕には靴をあげることはできなかった。

昼、タガイタイという高原都市まで足を延ばし見晴らしの良いレストランに入った。外国人はおらず、フィリピン人の富裕層の家族が楽しそうに食事をしていた。その時のフィリピンは雨季から乾季に変わろうとしている季節だった。太陽が顔を出したり曇ったり小雨が降ったりしていた。そんな空模様のようにフィリピンの国民の生活レベルも様々だ。

お皿に乗ったたくさんの料理を残して、隣のテーブルの家族が帰って行った。幸せそうな彼らの後ろ姿を見つめながら、僕は今回採用を決めた青年と、朝靴を渡した子どもたちは今頃何をしているだろうかと考えていた。

英語の試験では×だけれど…

通訳や翻訳はただ言葉を訳すのではなく、言葉の裏にある微妙な意味も他言語に置き換えなければならない。まさに職人芸である。

先日、映画字幕評論家の戸田奈津子さんの話を聞く機会があった。俳優の会話の中から重要なところだけを取り出し、的確な日本語を限られた文字数で表現するのはまさに神業だと改めて思った。

外国映画に邦題が付けられることもある。ここにも難しさがあると思う。それによって観客動員数が左右されるので尚更だ。ずいぶん前の映画だが、アカデミー賞五部門を受賞した、「アパートの鍵貸します」という映画がある。タイトルだけで恋愛映画だと何となく分かる。この原題は単純に"The apartment"（アパート）だ。「アパート」という映画より、「アパートの鍵貸します」という映画を観に行く方がわくわくしないだろうか。原題の訳ではなくなってしまっているが上手な邦題の付け方だと思う。

反対に、「どうしてそんな邦題を付けたのだろう」と理解できないものがある。ダスティン・ホフマン主演の「クレイマー、クレイマー」がまさにそれだ。アカデミー作品賞を獲った名作だ。この原題は"Kramer vs. Kramer"である。離婚裁判の話なので、「クレイマー氏対クレイマー夫人」という夫婦の争いを意味するタイトルになっている。当時は理不尽な苦情を言う人を意味する「クレイマー」という外来語はなかったとはいえ、「クレーマー、クレーマー」では何のことかさっぱり分からない。もう少し気の利いた邦題の候補はなかったのだろうか。

映画ではないが曲のタイトルにも名訳がある。

コニー・フランシスの"Too many rules"（多過ぎる規則）という六十年代のアメリカンポップスがある。親が決めた門限時間や彼との電話時間の制限にうんざりしている青春真っ盛りの少女の歌だ。

この邦題が素晴らしい。「大人になりたい」である。あまりの見事さに唸ってしまう。

洋画、洋楽の原題を調べるとそこに職人芸を垣間見る場合がある。一流と呼ばれる人の業はどの世界においても魂が揺さぶられるものだ。

宮下尚大君、君は生きている！

ＡＩ（人工知能）という単語はすっかり一般的になった。

僕が東京でフリーターをしていた頃、当時働いていたレストランでバイトをしていた学生がＡＩの研究を志していた。彼の名前は宮下尚大《たかひろ》君という。彼は早稲田大学理工学部の学生だった。探検部に所属していた。

ある日、ピーク時間を過ぎて暇になりかけた時に彼が僕に言った。

「今度、ペルーに行くんですよ。アマゾン川を筏《いかだ》で下るんです」

メガネの奥の目が輝いていた。当時の僕はバックパッカーだったが、彼のような冒険はしたことがなかったのでその発想に度肝を抜かれた。

「帰ってきたらいろんな話を聞かせてよ。これを機にここを辞めるなよ。店に戻って来いよ」。僕はそう言ってその日は帰った。彼はお客さんに出す食後のコーヒーの準備をしていた。彼を見たのはそれが最後になった。

そのニュースをテレビで見た時、すうっと青ざめていく自分がいた。

「血の気が引いていく」とはこういうことを言うのだなと実感した。彼はペルーの血迷った兵士に捕まり、金品を奪われた上に殺されたのだった。

彼と親しかったK君から、宮下君は残りの学生生活をＡＩの研究に当てようとしていたと聞いた。当時はその言葉は世間では全く認知されておらず、僕もチンプンカンプンだった。今彼が健在だったら、その部門の最先端で活躍していたのではないかと想像できる。

しかし彼の志は確実に後進に委ねられている。彼の肉体は消えたかも知れないが、形を変えて彼は今のＡＩの発展に寄与しているのだ。というのも、彼の死から三年後の命日、彼のお父さんが大学に一千万円を寄付し、「宮下尚大奨学基金」を設立したのだ。それもテレビのニュースで知った。このエッセイを書くにあたり早稲田大学に問い合わせてみたが、今でも基金はＡＩの研究を目指す理工学部の学生と探検部の学生を対象に付与されているとのことだった。彼の夢は形を変えて、今のＡＩの目まぐるしい発展を支えている。そう考えると救われた気がした。彼は生きている。

「山本さん、僕が運びますよ」。キッチンから出された料理を率先して運んでくれた彼の笑顔は、今でも青年のまま僕の脳裏に焼き付いている。

ミスタードラゴンズ・立浪和義

僕は今、日本講演新聞の中部支局長をしている。いろいろな方の取材に行った。その中でも立浪和義さんの取材は格別な思いがあった。

僕と立浪さんは歳が一つ違うだけなので、入団から引退までのいろんな場面が僕の脳裏には焼き付いている。引退セレモニーでは巨人の原監督が立浪さんに花束を渡したが、その時は立浪さんより僕の方が泣いていたのは間違いない。引退後に書かれた「負けん気」（文芸社）もすぐに読んだ。

ＰＬ学園の野球部は寮生活が義務付けられていた。立浪さんの同級生に片岡という選手がいた。日本ハム、阪神で活躍したあの片岡篤史さんだ。ある時期、片岡さんは左投手がなかなか打てず思い悩んでいた時期があったそうだ。何とかしてやりたいと思った立浪さんは、朝五時半に起きて落ち葉掃除を一緒にやろうと提案した。最初はなかなか布団から出て来なかった片岡さんも途中から率先して起きて黙々と掃除をしたそうである。結局、落ち葉が無くなる初冬まで続けたそうだが、その頃には片岡さんの打撃は完全に安定したものになっていたとのこと。

落ち葉掃除と打撃の安定が結びつくことは僕も今ではよく分かる。しかし高校生だった立浪さんがなぜそれを片岡さんに提案できたのか。それがずっと不思議だった。話す機会があったらずっと聞いてみようと思っていたが、ついにその機会が訪れた。

講演前に僕は控え室に取材の挨拶に行った。

「私は一つ年下なのに二十二年間、ずっと球場で呼び捨てしていました。すみませんでした」。そう言えばウケるかなと思ったが、立浪さんのオーラがそれを言わせなかった。でも僕の質問には丁寧に答えてくれた。

「徳を積もうと思ったんです。人の役に立つことをしようと。片岡のために何ができるかなと思った時、思いついたのが落ち葉掃除だったんです」

あれほどの成績を残した立浪さんはやはり高校生の時から感性が違ったようだ。聞きたいことはまだまだ山ほどあったが時間がなかった。

いつの日かまたミスタードラゴンズと話せる日を楽しみにしながら、僕は今日もごみを拾って徳を積もうと思う。

不運を不幸と思わない生き方

桜井昌司さんに会った。冤罪被害で刑務所に二十九年間服役した人だ。以前テレビで特集番組を見たが、テレビで見た通りとても明るい人だった。

二十歳で逮捕され無期懲役囚となった桜井さん。四十九歳で仮釈放され、その後裁判で無罪が確定したのは六十四歳の時だった。「高校を半年で中退し、職を転々とする無気力な青年だった。将来のことなど何も考えていないただの不良だった」と桜井さんは自身のことを語る。取り調べでは何を言っても信じてもらえず、ついには警察が作ったストーリー通りの自供をした。面会に来た父親が持っていた新聞を見てとても驚いたそうだ。

新聞が嘘を書いている！

二十歳の青年には信じられなかった。それでも裁判で無実が証明されることを疑わなかったが、下された判決はまさかの無期懲役。

しかし裁判に疑問を持った人たちが立ちあがり支援活動が始まった。他人と信頼関係を築くこととは無縁だった桜井さんは最初この活動が信じられなかったと言う。「私みたいな背も低くて足も短い受刑者を助けたところで何の得にもならない。それなのに全くの他人が救い出そうと活動してくれた。私は幸せでした」

そんな想いを獄中でも記している。

「人間の真心を　真心からの愛を　こんなにも味わえる刑務所は　苦しさが喜びだ　生きる喜びだ」（桜井昌司著、獄中詩集『待つ』より）

古希を越えた桜井さん。素敵な笑顔を振り撒き今は全国で講演活動をしている。講演では自身が作詞作曲したお母さんの唄を歌うこともある。

桜井さんは自身のことを「冤罪被害にあったことを幸せに感じている珍しいタイプだ」と言う。「あのまま生きていても感謝を知らないつまらない人生になっていた」と。そして講演では、「誤認逮捕した警察にはいつか感謝状を贈りたい」と言って場内の笑いを誘っている。今では口癖になっているという桜井さんの台詞に心を打たれた。

「私は不運ではあったが不幸ではない」

不運を不幸だと思わない生き方をする人に幸福はやってくるようだ。

その男は「許す方が楽だ」と言った

河野義行さんが長野県松本市に居を構えていた四十四歳の時に事件は起きた。いわゆる松本サリン事件である。警察は河野さんを被疑者として扱い、マスコミは彼をあたかも犯人のように連日報道した。その河野さんとお会いして話す機会があった。素朴さの中から湧き出てくるような彼の人柄に魅了された。彼は今私と同じく愛知県豊橋市に住んでいる。

平成十八年のある日のこと。河野さんの自宅に一人の男性がやってきた。彼はサリン噴霧車を製造したことで懲役十年の刑を受け、その刑期を終え出所したばかりのFだった。河野さんは彼の謝罪を快く受け入れた。その「受け入れる」レベルが尋常ではない。Fが剪定が得意だと知ると、河野さんは自宅の庭の手入れの一切を彼に任せた。

「好きな時にいつでも来てくれ。出張でいなかったら鍵はあの場所にある。冷蔵庫にビールくらいは冷やしておくから勝手に飲んでくれ。遅くなったら泊まっていっても構わない」

Ｆは剪定に訪れる時は必ず河野さんの妻の澄子さんが好きだった百合の花を持ってきたそうだ。そして河野さんの子どもたちもＦを受け入れ、一緒に食卓を囲んだ。河野さんはＦと釣りに行くこともあった。

「あのバッシングの中を耐えてこられたのはどうしてでしょうか」

講演会でそんな質問を受けることもあるそうだ。河野さんは答える。

「妻は寝たきりでした。結局意識を取り戻すことなく妻は事件から十四年後に死にました。でもこれだけは言えます。妻は僕のそばにいてくれました。僕は毎日妻に励まされていたんです。妻が僕や子どもたちを支えてくれていたんです」

妻の無言の励ましを受けて世間の攻撃と戦ってきたと言う河野さんは、さらにこう言った。

「人は間違えるものです。仕方ありません。人を恨むことで人生に与えられた貴重な時間を費やすくらいなら他のことに使いたい。私は人格者ではありません。許す方が楽だからそうしているだけです」

平穏に常に感謝し、今は釣りが楽しみだと語る彼に真の強さを見た。

ワーワ

第3章
学校の想い出、笑顔になる話

ごんぎつねの想い出

新美南吉の代表作「ごんぎつね」を僕が初めて読んだのは小学三年生の国語の授業だった。

主人公の兵十《ひょうじゅう》は、死に逝く母に最期に鰻を食べさせようと思い、川に網を仕掛けて鰻を捕る。しかしきつねのごんが悪戯をし、兵十の母は鰻を食べられないまま亡くなってしまう。それを知ったごんはなんとか償おうと兵十の家にこっそりと栗を何度も運んだ。しかし兵十は、ある日家の中に入っていくごんを見かけると火縄銃で撃ってしまう。直後、土間の栗を見た兵十は驚き、駆け寄ってこう言った。「ごん、おまえだったのか！」

僕は幼心にもなんとも言えない切なさを感じたものだ。

物語は、「青い煙がまだ筒口から細く出ていました」の一文で終わるのだが、先生がこんな質問をした。「この煙にはどんな意味があると思いますか」。まだ小三の僕たちには難しい質問だった。静まり返った教室の空気を変えたのは、普段あまり手を挙げないおとなしい女の子だった。彼女が手を挙げたので僕は少し驚いた。「昨日、家でおばあちゃんとこの話を読みました。おばあちゃんが、『筒口から煙が出ている間は、撃たれた動物にはまだ命があるんだよ』と言っていました。だからごんは兵十の声を聞いて兵十と分かり合えた気持ちで天国に行けたんだと思います」

あの最後の一文にそんな意味を見出せることに僕は感動した。そしてそれ以後もずっとあの教室の場面が心に残っていた。

ある年の夏、小学校卒業から三十年経ったことを機に同窓会が開かれた。久しぶりに会ったごんぎつねの女の子は素敵な女性になっていた。

僕があの授業のことを彼女に話すと「全く覚えていない」と彼女は笑い、煙の意味に感動していた。「ずいぶん前におばあちゃんは亡くなったけど、そんな素敵な想い出を覚えていてくれてありがとう」

そっと手を挙げ恥ずかし気に小声で話した少女の言霊は、三十数年の時空を超えて大人になった彼女自身の心にも感動を運んできた。

今年も秋がやってきた。八百屋に並ぶ栗を見ると、僕はいつも「ごんぎつね」が読みたくなる。

ひとりっ子

「ひとりっ子」という忘れられないコラムがある。書いたのは僕が中学に通ってた時のM先生だ。

先生は僕が中二の時の担任だった。体育教師でとても厳しい先生だった。僕も一度掃除をさぼって遊んでいたら殴られたことがある。そうかと思えば、僕が自分のある不正を正直に告白したところ、「おまえでもそんなことをするんだなあ、わっはっはっ」と不問に付してくれたこともあった。

当時不良少年だった同級生に数年前久しぶりに会った。彼から初めて聞いたのだが、先生は親の許可を取って不良少年たちを時々夜釣りに連れて行き、話を聞いていたそうだ。

その先生が卒業文集に寄せたのが、「ひとりっ子」というコラムだ。

「私はひとりっ子である。血を分けた兄弟がいない」から始まるそのコラムは当時十五歳だった僕に感銘をもたらした。

先生が小学生の時の出来事だ。学校の給食で余ったパンをもらったので、先生は放課後それを先生の友人の家で食べる約束をした。友人の家に行きパンを焼いて砂糖を振りかけ、いざ食べようとした時に友人の兄が現れてパンを持っていこうとした。先生の手前もあったのか、友人は泣きながら必死に抵抗する。ひとりっ子の先生には経験のない激しい兄弟喧嘩だった。

その兄があきらめて去った後、友人は泣きながらもにっこりと笑い先生にパンを渡してくれたそうだ。見ると友人の耳からは血が出ている。先生は涙が止まらなかった。その時先生は「僕は甘えている」と痛感し、その日をきっかけに厳しいスポーツの世界に入っていったと書いてあった。

僕は実家に帰る度に、卒業文集に書かれたそのコラムを読んでいた。

中学を卒業してから先生に会うことはなかったが、ある冬の夜に思わぬ形で再会することになった。三十年ぶりに会った先生は静かに眠っていた。

夜釣りに出かけた時に事故に遭った先生は六十年の短い命を閉じたのだ。あの頃と変わらぬスポーツ刈りでよく日に焼けていた。

優しく笑う遺影が「おまえはまだまだ甘いぞ」と言っているようだった。記憶の中で生き続ける僕の素晴らしい恩師だ。

眩しかったエースの背中

幼稚園に通っていた頃、教室にMという女の子がいた。いつも少し汚れた服を着ていたのでよくからかわれていたのを覚えている。サングラスを掛けた強面《こわもて》の父親がいつも迎えに来ていた。

ある日のこと。帰りの時間に先生が話をしている時、突然Mがお漏らしをしてしまった。先生が慌てて雑巾で拭き始めると、二、三人のお母さんたちがそれを手伝い始めた。その時Mの父親はスポーツ新聞を握り締めてとても怖い顔をしていた。

「俺に恥をかかせやがって！」外に出た父親はそう言いながら泣きじゃくるMの頭を幾度も新聞で叩いていた。かわいそうだった。そして夏になる前にMはどこかへ引っ越していった。

それから八年後、僕は彼女と再会をした。それほど遠くへ引っ越していなかったらしく、同じ中学で同級生となったのだ。だが名前に聞き覚えはあったもののなかなか思い出せなかった。その理由は彼女は当時の印象とは全く違いとても明るい女の子になっていたからだ。

中三になると彼女はソフトボール部のエースになり、かなり速い球を投げることで市内でも有名だった。ソフトボール部は練習でよく男子の体操部と試合をした。でも男子だろうと相手にならなかった。卓球部との試合があった土曜日。卓球部でない僕も人数合わせで呼ばれた。三年間彼女とはクラスが違ったので、彼女と接点を持ったのはそれが初めてだった。

でも僕が相手になるはずがなかった。彼女の直球に僕は続けて空振りをした。次は少し早めに振り抜いてやろうと思ったその三球目。なんと全く歯が立たない僕に彼女はカーブを投げてきた。「まじかよ！」そう思う間もなくバットは大きく空を切った。マウンドを見ると彼女は僕の顔を見てニヤッとした。「あっ、あいつは俺を覚えている！」直感でそう分かった。エースはその後涼しい顔をして僕に背を向けた。その背中に向かって、「コンニャロー！」と思いながら、僕は肩をすぼめてベンチへと帰った。

夏の日差しを受け止めた背番号1の強さの中に、僕のあの暗い記憶は色褪せて消えていった。

夕暮れの図書室の想い出

僕は中学校では弓道部に入っていた。僕が住んでいた市には他の中学校に弓道部がなかった。そんな訳で市長杯はいつも参加するだけで優勝だった。よせばいいのに毎年全校集会で表彰された。いつも失笑が漏れ、とても恥ずかしい思いをしていたことを覚えている。

同級生にNという部員がいた。彼は常に高い意識を持ち、練習に取り組む姿勢が僕とは違った。彼は県大会の個人成績で好成績を収め全国大会にも行き、なんと個人戦で全国三位になる程の実力だった。

中学を卒業するとNと僕は同じ高校に進学した。入学式の帰り、彼は当然のように僕にこう言った。「おまえも弓道部に入るだろ?」

思春期の少年の気持ちは今では分からない。なぜか僕は彼に怒りを感じたのだ。

「入らないよ！　あんな地味な競技はもうコリゴリだ！　おまえはせいぜい頑張れよ」

彼は一瞬ムッとしたが、すぐに淋しそうに下を向いたのを覚えている。その日以後、彼とは口を利かなくなった。

はっきりとした意思のなかった僕はどの部活に入ろうか考えているうちに初夏になってしまった。入部するタイミングを完全に逃してしまった。

そんなある日の夕方、運動場で部活に励む友人たちを僕は図書室の窓から眺めていた。その時、ふいに気配を感じて振り向くとそこにNがいた。

「結局部活には入っていないのか？」Nのその言葉に情けなさが込み上げてきた。しかしその後彼はにっこりと笑い僕にこう言ったのだ。

「また一緒にやらないか？」

目頭が熱くなり、僕はとっさに顔を背け夕陽を見た。彼が顧問の先生と先輩たちに口を利いてくれて、遅ればせながらの僕の入部は認められた。

僕は部活中に先輩と抜け出して近所の公園でキャッチボールばかりするダメ部員になってしまったが、楽しく三年間を過ごせたのはあの日Nが見せた笑顔のおかげだと感謝している。

彼とは今でも飲みに行く間柄である。

僕が卒業できた理由《わけ》

「令和」という元号も違和感なく耳に響くようになった。同時に「平成」は古く感じるようになった。「昭和」はとても遠くなったものである。

歴代の元号をすべて暗記している人に会ったことがある。意味がないと言ってはいけない。元号を暗記することで時代を細かく把握でき、歴史考察に役立つそうだ。そういう僕は円周率を百桁以上暗記している。これは意味がないと言っていい。意味なく暗記したのは高校三年の時、昭和最後の初夏のことだ。

数学が苦手だった僕は高校三年にもなるともう授業はギリシャ語を聞いているようでチンプンカンプンだった。今思えば傲慢だが、文学部の受験を見据えていた僕は数学の授業はもう捨てていた。授業時間を有効利用しようと思った僕は、教科書に英語の単語帳を挟んで暗記していた。でも要領が悪いのでよく見つかって叱られた。懲りずにやっているとある日、「今度見つけたらその単語帳を取り上げて焼却炉で燃やす」と数学の先生から最後通告を受けたのである。

そして僕は数学の時間は教科書の後ろに載っていた円周率の暗記に捧げることにした。あれから三十数年。円周率は今でもすらすら言える。役に立ったことはない。強いて言うならここでネタになったことくらいだ。

元号が平成に変わった三学期の日曜日のある夜。「俺ってそもそも卒業できるのか？」急にそんな恐怖感が沸いてきた。数学のテストの点がいつも余りにも素晴らしかったからだ。

月曜日の朝職員室に行き、担任の先生に単刀直入にその件を聞いた。先生は、「無理、無理！　来年度もよろしく」と言って大笑いした。もし本当ならそんな言い方をする筈はないのでほっとしたのをよく覚えている。そして先生は次にこう言ったのだった。

「卒業は無理だ。出す訳にはいかん。だけど元号が平成に変わったからなあ。おまえは特別に恩赦だ。卒業してヨシ！」

僕は晴れて恩赦で高校を卒業することができた。これが青春時代の改元の想い出である。

珍名さん、いらっしゃい！

高校生の頃から珍しい苗字に興味がある。きっかけは同級生に「小才度」という名前の友人がいたことだ。

新学期のこと。先生が「君の苗字の由来は何？」と彼に聞いた。そんなこと聞かれてもきっと困るよな、と僕は思ったが彼はすぐにこう答えた。

「うちの先祖が住んでいた村に齋藤さんという有力者がいたそうです。明治初期に苗字を持つことを許されて、村のみんなは齋藤さんにあやかって齋藤姓を名乗ったそうですが、うちの先祖は恐れ多いと言って『小齋藤』にしたそうです。それが『小才度』になったと父から聞きました」

漠然と「山本」を名乗って生きてきた僕は驚いた。「面白い！　実に面白い！」と感動した。僕が自称「苗字研究家」になったのはそれからだ。

大学生の時。レストランでのバイトの初日に先輩から仕事を教えてもらっていると、社員が彼のことを「ロクローマン」と呼んだ。その店ではバイトの指導役のことをロクローマンと呼ぶのだと分かった。帰り際、

「今日はありがとうございました。僕も先輩のようにロクローマンになれるように頑張ります」と言ったら露骨にムッとされてしまった。彼の苗字が「六郎万」だった。

珍しい苗字の人に会うと僕はよく声を掛ける。かっこよかったのは「信長」さんだ。やはり織田信長の生誕の地の東海地方に多いのかと思いきや、山陰地方に多い苗字のようだ。

僕が声を掛けるのは男性か年配の女性だけだ。若い女性に変に声を掛けると、「いい歳してナンパかよ」と思われることを懸念して躊躇してしまう。だが先日、本屋で「保母」という名札の方を見かけた。若い女性だったが思わず声を掛けてしまった。「父の実家がある岐阜県には少しある苗字みたいですよ」と答えてくれた。僕が「親戚はみんな幼稚園の保母さんですか?」と聞くと、「そんな訳ないじゃないですか〜」と笑ってくれた。その笑顔がとても素敵だったので、「仕事が終わったら近くでお茶でも飲みませんか?」と言おうとしたが、「いい歳してナンパかよ」と思われると困るのでやめた。あれ、それがナンパか?

神さまのご褒美は徳川埋蔵金

以前さとうみつろう著「神さまとのおしゃべり」（ワニブックス）という本を読んだ。

その本で「三十日《みそか》詣《もう》で」というものを知った。毎月三十日に近くの神社に行き、賽銭箱に三百円を納めて一か月間にあった良いことを思い出し感謝するものだ。この時に体全体が幸福の空気に包まれる感覚になる。

息子がまだ小学生の頃の話だ。学校から帰った息子は友達二人と神社に三十日詣でに行ったらしい。三百円の代わりに神社の掃除をしたそうだ。するると帰る時に、枯れ葉の隙間から何か光るものが…。

息子はそれを徳川の大判だと言い張るのである。ネットで調べると、家紋の位置や大きさ、文字はたしかに本物の大判と一緒であった。教育委員会に持っていって調べてもらおうかと思ったが、拾得物横領罪に触れる可能性を考えて豊橋警察署に届けに行った。

僕は担当窓口で、「徳川埋蔵金を拾いました」と言ったが全くウケなかった。担当の女性警察官は粛々と「拾得物件預り書」なるものを作成してくれ、「三か月のうちに落とし主が現れなかったら期間内に取りに来てください」と言った。僕は「持ち主の徳川慶喜は亡くなっているので取りに来ないと思います」と言ったがそれも全くウケなかった。予想通りその大判は三か月後息子の手元に戻ってきた。三か月ぶりに会った同じ警察官が「教育委員会に電話してみましたが鑑定は業務外だそうですよ」と教えてくれた。親切な人だなあと思い、僕はそこで何か冗談を言おうとしたけれどまたウケないのでやめた。

「もっときれいに洗いたいけど文字が消えちゃうかな？」息子はそう言いながら丁寧に何度も水で洗っていた。すると文字が消えるどころか、新しい文字が見え始めるではないか。その文字は大判の価値を明らかにする決定打となった。そこには崩した字で「おみやげ」と書かれていたのだ。

「洗ったら汚れと一緒に夢消えた」と息子が呟く。

おっ、綺麗な五七五になってるじゃないか！

神さまは徳川埋蔵金ではなく家族の幸せな時間をくれたのだった。

騙されたのは夫か？　妻か？

僕は中学生の頃、地元紙の日曜版に載っていたショートショートを毎週楽しみにしていた。その中で今でも忘れられない話がある。

主人公はある夫婦。夫は社会派の小説を書く作家。妻は真面目な夫に不満は一切なかった。出版社に送られてきた読者からの手紙がよく家に届けられた。そのほとんどは中高年の男性からだった。

ある日、妻はちょっとした悪戯を思いつく。女子大生の振りをして友人の名前と住所を借り、夫にファンレターを書いたのだ。あまり返事を書かない夫から返事が届いた。「私の小説の読者は三十代以上の男性がほとんどです。あなたのような若い女性の読者がいたことに感激です」

妻は面白くなりその後も手紙を書くことを続け、いつしか夫とおかしな文通が始まった。何通かのやり取りを交わした数か月後、妻の悪戯心に火が点いた。

「相談に乗って頂きたいことがあります。もしよろしければ〇月〇日のお昼に○○駅前の喫茶店でお会いできませんか」、そんな手紙を書いたのだ。「真面目な夫はどう断わってくるだろう。そもそも返事は来ないかも知れない」妻はそう思っていた。しかし数日後こんな返事が届いた。「私でお役に立てれば光栄です」。妻は驚き少し腹も立ち、悲しくもなった。

その日がやって来た。十時頃、スーツに着替えた夫は、「出版社の人と会って来る」と言い残し、家を出ていった。妻は少し後悔していた。「真面目な夫は本気で読者の女性の相談を聞きにいったのだろう。誰も来ないことに傷つくだろう。出版社の人と打合せだと嘘をついたけど、それは許される嘘だ」。妻は急に夫に謝りたい気持ちが湧いてきた。

悶々としている間に時計の針が十二時を指した。その時ふいに家の電話が鳴り、受話器を取るとそれは夫からだった。

「まだ家にいたのか。おまえから誘ったんだから早く来いよ」

十五歳の僕はこの結末に震えた。「小説って面白いなあ。夫婦っていいなあ」、そんなことを考えていた。小説は面白いと今でも思う。夫婦が良いものかどうか…。人生いろいろ、夫婦もいろいろ…。

トイレの中でキョロキョロするな！

先日、あるコンクールの審査員をするために岐阜県の大学に行った。大学という所に久しぶりに行ったが、そこのトイレの綺麗さに驚いた。

僕が通っていた大学は落書きが多かった。もう平成だったのに、学生運動の時代かのような政治的なメッセージの落書きが目立った。

中には一風変わったものもあった。個室のドアを開けると、「よく来たな！　まあ座れ」と書いてあった。言われなくても普通は座る。またある時は座ると止面に小さな字で「右を見ろ」と書いてある。右を見ると、「左を見ろ」と書いてある。左を見た。今度は「後ろを見ろ」とある。後ろを見た時、「負けた！」と思った。そこには「トイレの中でキョロキョロするな！」と書いてあった。

最初は深く考えなかったが、何度か見るうちにある日合点がいった落書きもあった。こんな落書きだ。「トイレは思考と空想をする所である」

最近では洗浄便座の「温水」のランプの横に俳優の温水洋一さんの顔写

真が張り付けてある悪戯もあるとのこと。これも落書きの一種なのだろうか。そのセンスと労力を他で活かして頂くことはできないだろうか。

よく飲食店やコンビニのトイレに、「いつも綺麗にご利用頂きありがとうございます」という張り紙がある。性善説に立ったその張り紙は爽やかだ。あまり綺麗に利用しない人を綺麗に利用させる効果はあると思う。

愛知県新城《しんしろ》市の市役所の男子トイレに以前面白い張り紙があった。「役所」というとお堅い感じがするが、この張り紙を貼ることを提案した人のセンスと許可した人の許容力にあっぱれだ。松茸と朝顔の綺麗なイラスト付きの張り紙が小便器の上に貼られていた。

「いそぐとも　こころしずかに　てをそへて　そとにもらすな　まつたけのつゆ」

いろいろな国に行ったが、日本のトイレの清潔感、機能の精度は群を抜いて素晴らしい。外国人旅行者が多い昨今、つまらない落書きはやめ、日本のトイレ文化を綺麗に見てもらおうではないか。

しかし温水洋一さんの顔写真の悪戯は褒められないが面白すぎる。

帰郷を決めた二十九歳の夜

二十代の十年間、僕は東京で一人暮らしをしていた。

ドラゴンズファンは周りに誰もおらず、野球の話になると本気で喧嘩になるので途中からは隠れファンになり切った。その頃の楽しみは関東にやってきたドラゴンズを応援に行くことだった。東京D、神宮、ハマスタ、どれだけ行ったか数知れず。リュックに応援バットを二本入れ、ドラゴンズのウィンドブレーカーを着こんで電車に乗るととても目立ったがとても快感だった。「関東中のドラゴンズファンが今いろんな電車に乗って球場に集結しているんだなあ」、そう思うと妙な感動すら覚えたものである。ビジター球場のレフトスタンドは独特の雰囲気がある。普段仲間がいないドラゴンズファンが大勢集まったあの異空間がとても好きだった。勝った試合後は「燃えよドラゴンズ」の大合唱が延々と続いた。

その時の僕は何となく東京で暮らし続けていた。愛知に帰るタイミングを見失っていたのだ。ドラゴンズが優勝するまでは帰らないと決めていた。その頃のドラゴンズは二位になることは多かったがなかなか優勝できなかった。優勝を帰郷のきっかけにしようとしていたのだ。

東京に出て十年目の１９９９年。ドラゴンズは開幕戦から十一連勝した。そのままほぼ首位を走り続け、お盆が過ぎるといよいよ優勝が現実味を増してきた。東京生活は今年が最後になるなと思った。

そして九月三十日。東京の天気予報は雨だったが、嘘のような綺麗な星空が広がった。この日ドラゴンズは神宮球場でスワローズを破り、星野監督が胴上げされた。仕事の都合で球場には行けなかったが勝つ瞬間は家でテレビを観ることができた。星野監督の優勝インタビューが忘れられない。

「こんなにもたくさんのドラゴンズファンが東京にいたなんて知りませんでした！」僕にはとても重く嬉しい言葉だった。

春には愛知に帰る。そう思うと隠れファンをしていた悔しさが走馬灯のように巡ってきた。その時は塾講師をしていたが、今年度で退職する旨を明日上司に告げようと思った。誰もいないアパートで、一人でビールを浴びながら涙を流した二十九歳の夜だった。

稀勢の里、その奇跡の物語

稀勢の里という横綱がいた。僕は大関時代の稀勢の里の勝負弱さにはいつもがっかりしていた。横綱に昇進させたのは日本人横綱誕生を急いだ協会の勇み足ではないかとさえ感じていた。

新横綱となった稀勢の里は平成二十九年春場所を迎えた。僕の心配をよそに稀勢の里は初日から十二連勝。優勝争いのトップに立っていた。しかし十三日目に日馬富士に寄り倒されて左肩を負傷してしまう。痛がり方が尋常ではなかったので翌日からの休場は確実視されていた。しかし左肩に大きなテーピングをして稀勢の里は十四日目に強硬出場したのだ。現金なものでその姿を見た瞬間、僕は稀勢の里のファンになった。だが左腕が使えない稀勢の里は鶴竜に完敗を喫する。この時点で大関照ノ富士が優勝争いのトップに立った。そして千秋楽。一敗差の照ノ富士との対戦で勝てば優勝決定戦にもつれ込む。稀勢の里は照ノ富士に二連勝しなければ優勝はない。左腕が使えない稀勢の里の劣勢は誰の目にも明らかだった。

実は僕は千秋楽を病院の待合室で観ていた。娘を皮膚科に連れてきていたのだ。そして「稀勢の里対照ノ富士」の一番。稀勢の里は劣勢を撥ね退け、突き落としで勝った。待合室は大歓声だった。あまりの歓声の大きさに驚いた先生が診察室から出てきたほどだった。次はいよいよ優勝決定戦。僕は娘の名前が呼ばれても居ないふりをする気でいた。「奇跡は二度も起きないだろうが温かい目で見守ろう」、何となくそんな空気が待合室に、そして日本中に流れていたように思う。優勝をかけた一番。稀勢の里は土俵際まで一気に追い詰められた。だがなんとそこで神の小手投げを決めたのだ。片腕での奇跡的な勝利に待合室は拍手喝さいの大騒ぎだった。

そして部屋の片隅で僕は別の奇跡を見た。車椅子で応援していたおじいちゃんが稀勢の里が小手投げを決めた瞬間、興奮して立ち上がって拍手をしていたのだ。「立った…、おじいさんが立った！」付き添いのおばあちゃんは口に手を当てて驚いている。

「おじいちゃん、あんたクララか？」娘の名前が呼ばれ、僕はそう思いながら診察室に入っていったのだった。

ああ、店内放送の悲劇

スーパーで働いていた時、店内放送が下手なMという店長がいた。行き当たりばったりで喋るので結局のところ何を売りたいのかさっぱり分からない。お客さんもただの雑音だと思っていたと思う。

ある日のこと。店が混み始めた夕方、店長の下手な店内放送が始まった。

「ええっと〜、いらっしゃいませ、いらっしゃいませ。本日も〜、え〜今日もまた、ご来店あり、ありがとうでござ、ござる。ただいまの時間のお買い得商品は〜、豚さんが、豚のこま切れ肉が〜」

そんな店内放送が流れ始めた時、レジにいたバイトのS君がレジを離れようとした。トイレに行こうとしたのかも知れない。だがたまたまお客さんが切れたといっても忙しい夕方なのでレジはフル回転させなければいけない。M店長がそれを見逃さなかった。

「豚のこま切れ肉が、通常百グラム138円のところ、今だけは〜、今の時間は〜、あっ、おい！　ちょっと待て！　どこに行くんだ、こら！」

S君への怒りの声が放送を通じて店内に響き渡った。僕は村上春樹の小説の主人公よろしく「やれやれ」と思った。その放送が流れる少し前、僕はよく買い物に来てくれるおばあちゃんと話をしていた。「明日葉《あしたば》はある？」と聞かれたが、ちょうどその時は切らしていた。

「すみません。昨日まではあったんですが、今日は切らしてるんですよ」

「そう、残念だねえ。悪いけど今日はあっちで買い物するね」

あっちとは斜め向かいにある大型スーパーのことだ。「すみません。でもまたアシタバこっちに来てくださいよ」。僕はまだ若かったが、そんなオヤジギャグを言った。でもおばあちゃんはそれには気付かず、申し訳なさそうに微笑みながら出口へと向かっていった。まさにそのタイミングだったのだ。天井のスピーカーから大声が聞こえたのは。

「あっ、おい！　ちょっと待て！　どこに行くんだ、こら！」

おばあちゃん、肩がぴくっとなって、「ひぇっ！」と小さなか細い声を出した。死んだらどうするんだと思った。

M店長の店内放送がただの雑音から凶器へと変わった瞬間だった。

あとがき

高校生の頃から本を出版してみたいという夢はあったが、いつしかそんな夢も忘れていた。

本書でも触れたが、二十代の頃はアジアの街を放浪していた。企業に勤める自分の姿が思い浮かべられなかった。三十路を過ぎてから語学留学に行ったりなんかもした。自分の将来はいったいどんな姿になるんだろうと不安も感じたが、アメリカから帰りわずか二年後に結婚した。もう落ち着こうとハローワークできちんとした仕事を探した。

それから十数年。気づくと僕は女房子どもを養い、住宅ローンに苦しみ、晩酌を楽しみに日々を過ごす普通のおじさんにいつしかなっていた。二十代の自分が見たらびっくりである。

普通に過ぎてゆく日常の中で、すっかり忘れていた「書くこと」をふと再開したが、精々地元紙の読者投稿欄に載る程度のものだった。そんな折り、縁あってみやざき中央新聞（現、日本講演新聞）に自分が書いたコラムが載るようになり、気づけば約十五年勤めた会社を辞め、「書くこと」が仕事になっていた。少し前の自分が見たらびっくりである。そして若い頃の経験が今になって急に役立ち始めた気もする。人生に無駄はないのだ。

そして今回、作家の志賀内泰弘さんから信じがたい強力なバックアップをいただき、本書を出版することができた。足を向けて寝られないのはもちろん、一日に五回は志賀内邸に向かってお祈りを捧げないといけないくらいの助力を賜った。この場をお借りし感謝申し上げます。

また原稿を読んで出版を決めていただいたJDC出版の久保岡宣子社長、そして一介のサラリーマンに過ぎなかった僕を発掘し、拙文に光を当て世に出してくれた㈱宮崎中央新聞社の松田くるみ会長、水谷謹人社長にも心より感謝申し上げます。

自分の人生は出来の悪い小説を読んでいるようだ。でもアバターとしてそんな人生を歩むのはなかなか楽しかったりする。

山本孝弘
プロフィール

1970年生まれ
愛知県刈谷市生まれ
愛知県豊橋市在住
コラムニスト・講演家・㈱宮崎中央新聞社中部支局長

20代の頃、ベトナム縦断の旅、アジア101日間放浪の旅をする。その後、塾講師、小売業界を経験した後にアメリカに半年滞在。帰国2年後から約15年間水道工事会社で営業社員として勤務。

平成27年からサラリーマンをしながらみやざき中央新聞（現、日本講演新聞）にコラムを書き始める。好評を博し、会社を退社して執筆に専念。現在はコラムと社説を執筆する傍ら、全国の小中学校、高校で生徒及び

ＰＴＡを対象に講演活動を行う。
世の中に「心が温かくなる話」を伝えることで宇宙平和を実現する活動を展開中。

表紙絵
本文イラスト　酒井 啓成

明日を笑顔に
晴れた日に木陰で読むエッセイ集

発行日
初　版 2020 年 9 月 25 日
第 3 刷 2022 年 4 月　1 日

著者
山本孝弘

発行者
久保岡宣子

発行所
ＪＤＣ出版
〒 552-0001　大阪市港区波除 6 − 5 − 18
TEL.06-6581-2811 ㈹／ FAX.06-6581-2670
E-mail : book@sekitansouko.com
郵便為替　00940-8-28280

印刷製本
モリモト印刷株式会社